Doktor Krittels Federvieh

CHRISTIAN GOLUSDA

Doktor Krittels Federvieh

Viele vlotte Vogelverse

Mit farbigen Illustrationen des Autors

Bibliografische Information der Deutschen Nationalbibliothek:
Die Deutsche Nationalbibliothek verzeichnet diese Publikation
in der Deutschen Nationalbibliografie;
detaillierte bibliografische Daten sind im Internet
über https://portal.dnb.de/ abrufbar.

Satz, Umschlaggestaltung, Herstellung und Verlag:
BoD – Books on Demand, Norderstedt

ISBN: 978-3-7568-2375-8

Inhalt

Fehlstart

Mist, was reimt sich bloß auf Vogel?
Vogel, Vogel, weiß nicht was!
Klitzekleinen Reim auf Vogel,
her damit, und dann gib Gas!

Dichters Hirn ist leer bei Vogel,
Vogel, Vogel, ach, ich pass!
Lexikon zu Stichwort Vogel:
gibt nix her. Macht Dichten Spaß?

Fliegt es dich nicht an, dann mogel,
Vogel, Vogel, wie ist das:
Wachtel wirkt im Weltgewogel?
Au weia, Wagner, einfach krass.

Suchmaschine weist bei Vogel
auch den Weg nicht zum Parnass,
hieße Google doch bloß Gogel,
Vogel, ja, dann hätt ich was!

Uhrvogel

Dem Urzeit-Fossil Archaeopteryx,
dem lief seine Lebenszeit viel zu fix,
er kaufte ‘ne Uhr
sie zu stoppen, doch nur:
Gegen Aussterben hilft auch ‘ne Stoppuhr nix.

Schraubentaucher

Dem Haubentaucher, ich glaube,
fehlt irgendwo eine Schraube.
Wisst ihr, was der tut?
Der trägt jetzt ‘nen Hut
zum Tauchen anstatt seiner Haube!

Machen wir’s den Elstern nach

Ein törichter Jüngling aus Kelsterbach,
der tat es den diebischen Elstern nach:
Es klaute der Töffel
nur silberne Löffel,
da bekam er sofort mit den Elstern Krach.

Mensch Reiher!

An einem blauen Weiher,
da stand ein grauer Reiher,
der glaubte, er wär freier,
tät er es wie die Geier,
er legt jetzt Geier-Eier.

Ein dummer Vogel, will mir scheinen,
womöglich hat er auch noch einen.

Weiß er denn nicht, der Reiher,
am schönen blauen Weiher,
noch immer gilt – verzeih er –
der alte Spruch: Mensch Meier,
leg deine eigenen Eier!

Zaunkönigs Brautschau

Der kleine König von Zaun,
der hatte Probleme mit Frau'n,
er brauchte 'ne Braut,
doch weil er sich nicht traut,
ist er – zack – übern Zaun abgehaun.

Dummes Gespätz

(Naturbeobachtung auf Terrasse)

Die suchen im Café doch auch vor allem Genuss,
diese Ladies mit den Silverlinerlocken,
und roten Mündern, so um die 60 plus,
wie sie, kleidsam in Leinen, vor ihren Macchiatos hocken.
(Kein Spatz zu sehen)

Und wie diese Münder, lancomerot, den Latte schlürfen,
das Rot, das bald nachgezogen werden muss,
und wie sie eines Gesprächsthemas bedürfen
sowie der Torte mit original französischem Zitronenguss.
(Auftritt erster Spatz, als der Kuchen kommt, neugierig)

Eine bestellt Frankfurter Kranz, ganz traditionell,
der Kremklacks inklusive Kirsche wird beiseite geschoben,
mit Blick auf kaschierte Hüften, fast unbemerkt schnell,
derweil wird der Kuchen gekonnt auf die Gabel gehoben.
(Creme ist nichts für Spatzen, das findet jetzt auch der Zweite)

Männer? Kein Thema. Kinder vielleicht? Enkel? Alles gut, ein Segen.
Rasch abgehakt. Bleibt Natur allgemein. Ja, der Garten,
so trocken, Stauden und alles, braucht unbedingt Regen.
Aber die Vögel, süüüüß, wirklich, nie gekannte Arten …
(Für die Spatzen beginnt die Arbeit, Verstärkung rückt an)

Neulich, die junge Haubenmeise in der Felsenbirne, so ungeschickt!
Und Stieglitze – sollen ja sonst kaum noch zu sehen sein.
Aber nun kommt's, mit eigenen Augen erblickt,
nicht zu toppen: der Eisvogel auf der Wäscheleine. Neeeiiin!!
(Erste Verteilungskämpfe der Spatzen untereinander)

Jetzt beginnt es, mit der Menükarte, das Scheuchen
von Stuhllehne, Tisch und – frech! – von den Tellern wie Fliegen,
Kuchengabeln zu Waffen, die Spatzen weichen,
nicht weit, aber laut, weil schließlich überall noch Krümel liegen.
(Ist doch Ehrensache, wenn man den Namen Spatz trägt)

Meine Güte, wie kann man den ganzen Tag nur schwatzen,
schon sechs, wir müssen aber dringend los,
Fräulein, die Rechnung bitte, getrennt, ach und das mit den Spatzen
ist ja lästig, da müssen Sie unbedingt was tun.
Chor: Ja bloß!
(Schon gewusst: Der Spatz gehört zu den bedrohten Arten).

Erstes Kuckucksei

Leiden eigentlich auch Schwäne
unter Zahnweh und Migräne?

(Ja sicher, doch ich könnte wetten,
die ha'm auch gute Schmerztabletten)

Dilemma mit Emma

Eine Möwe namens Emma
stürzte mich in ein Dilemma
(dieses Morgenstern'sche Tier
traf ich an der Côte d'Azur):

Emma meint, wir müssten fliegen,
ich will in der Sonne liegen.

Selbst gesetzt den Fall, ich flöge
mit ihr fort, das zöge
weitere Dilemmata
bloß in seinem Schlepptau, ja
ich wage zu erklären
– bitte jetzt gut zuzuhören –

Emma, hörst du?
Bitte, Emma!
Emma …

Weg ist sie.

Ottilies Schwanensee

Zur Muße lädt der Schwanensee,
Ottilie tunkt den kleinen Zeh
ins Nass und füttert weiße Schwäne,
ihr Hirn hingegen schmiedet Pläne:

Voller Mond steht zu erwarten
und ein Spezialeinsatz im Garten.

Ist Vollmond gut für Giftgewächse?
Ottilie eine Kräuterhexe?

Nachtschatten wuchern, wo man schaut:
die Tollkirsche, das Bilsenkraut,
auch Fingerhut, Dracunculus,
und – der gemeine Rizinus.
Dessen Öl, wenn kalt gepresst,
die Verdauung gleiten lässt,
des Same aber, falsch verwendet,
blühend Leben jäh beendet!

ACHTUNG
GIFT!

Nur der Himmel, der besternte,
wird Zeuge der riskanten Ernte.

Nicht ganz, es macht zu später Stunde
noch ein Nachtschatten die Runde.
Ottilie zeigt sich hoch erfreut,
der Schattenmann ist Pharmazeut,
und dieser weiß, was das betrifft:
erst die Dosis macht das Gift.
Doch mordsgefährlich sind die Samen,
die in falsche Hände kamen …

Schwanensee lädt zum Verweilen,
im Morgenblatt die Schreckenszeilen:
„Giftmord an Apothekersfrau!
Noch kennt man Täter nicht genau."
Ottilie liest, derweil ihr graut,
ein Dekolletee kriegt Gänsehaut.

Überflüssig zu erwähnen:
die Unschuld von zwei weißen Schwänen.

MORD!

Haustier

Da hängen die Kirschen, rot,
im Baum.
Da hockt die Taube, hungrig,
im Geäst.
Da liegen die Kirschen ihr, schwer,
im Magen.
Da segelt die Taube, blindlings,
ins Haus.
Da flattert sie, panisch,
im Salon.
Da ist der Teppich, rot,
im Nu,
von Taubendünnschisskirschenflecken.

Ballade von Storch und Nachtigall

(nach einer wahren Begebenheit)

Kommt per Bahn ins Oderbruch
aus der Hauptstadt zu Besuch,
ein Storch …

Beine lang, Waden dünn,
stelzt er durch das Wiesengrün,
doch horch …

Nachtigall vom Oderbruch
öffnet jetzt ihr Liederbuch,
und oh …

singt in Dur und singt in Moll,
Adebar lauscht sehnsuchtsvoll,
so, so …

Denn sobald er dies gehört,
ist sein Herz total betört,
aha …

und seinem Schnabelwerk entweicht
Mordsgeklapper, unerreicht.
Ach ja?

Die Nachtigall hat ihn behext,
doch versteht er auch den Text?
Denn ach …

Das ist eine schwere Schlappe,
er lautet schlicht: Storch, halt die Klappe!
und wach …

liegt der Storch die halbe Nacht,
das Lied hat ihn konfus gemacht,
und noch …

im Zug nach Haus vom Oderbruch,
greift das Tier zum Taschentuch,
jedoch …

muss man so etwas erwähnen?
Es flossen heiße Storchentränen.
Gewiss …

heißt die Moral von der Geschicht:
Ein Vogel hat's, der andre nicht.
Oder?

Häuptling Großer Adler

(Transkulturelle Charakterstudie,
mit Unterstützung von J. W. von Goethe)

Vom Vater hat er die Statur?
Mag stimmen, diese Phrase,
ergänzt um eine Korrektur:
Vom Adler stammt die Nase.

Vom Mütterchen die Frohnatur
und Lust zu fabulieren?
Nicht evident bei der Figur,
man kann nur spekulieren.

Wenn ich auf diesen Häuptling guck,
würd mich ja int'ressieren,
von wem hat er den Federschmuck,
den Hang zum Kostümieren?

Ein Vogel ist ein Vogel

(Paraphrase auf ein bekanntes Gedicht von Wilhelm Busch)

Wenn einer, der mit Mühe kaum
herausgehüpft aus Meer und Schaum,

sich gleich für einen Vogel hält,

so wird er ganz schnell kalt gestellt!

Zweites Kuckucksei

Warum macht wohl ein Pirol,
immer Urlaub in Tirol?

(Kollege Morgenstern verriet es mir im Stillen:
Das raffinierte Tier tut's um des Reimes willen.)

Der Dodo lebt

Auf einer fernen Insel wohnte
einst ein Vogel wundersam,
den Namen weiß ich: Dodo Dronte,
und auch, wie er ums Leben kam:

Ach, der Vogel Dodo Dronte
lief den ganzen Tag zu Fuß,
weil er gar nicht fliegen konnte.
(Die Insel hieß Mauritius.)

Auch rennen war nicht recht sein Ding,
so groß und dick und schwer war er,
weshalb der Mensch den Vogel fing
und killte. Dodo ist nicht mehr.

Quatsch, Dodo Dronte lebt noch, Leute,
man hat ihn auf Papier gebannt,
und er spaziert, beliebt bis heute,
durch *Alice im Wunderland!*

Komische Vögel

Kommt die Nacht mit Dunkelbläue,
kommt mit ihr der kleine scheue
dunkelblaue Eierleger,
und schleicht still auf Waldeswegen
sich hinaus zum Eierlegen.
Grüß dich, kleiner Eierleger!

Folgt ihm da nicht noch ein zweiter
dunkler Schatten, ein Stück weiter?
Klar, das ist der Eierträger,
der hebt schweigend auf und trägt,
was der Eierleger legt.
Hals- und Eibruch, Eierträger!

Friede, Freude? Pustekuchen!
Gleich müsst ihr das Weite suchen,
Eierleger, Eierträger,
hört ihr nicht? Von ferne hinten
tönt Gebell und knallen Flinten.
Obacht vor dem Eierjäger!

Tja, das war wohl nichts, ihr zwei,
mit der Eierlegerei.

(Vielleicht geht ihr in Zukunft
mal was Anständiges schaffen ...)

Hühnersuppe

Mensch mit Grippe?

Ist ihm schnuppe,
löffelt er sich Hühnersuppe
zwischen Unt- und Oberlippe.

Hühnersippe

Huhn mit Grippe?

Ist zum Heulen,
muss man keulen
ganze arme Hühnersippe!

Böses Erwachen

Taubengroße Eier,
Tauben groß wie Geier,
Nester auf Beton.

Knöchelhohe weiße
Taubentrockenscheiße,
Zierrat am Balkon.

Horrorgurrelieder
fahr'n in Schlaf und Glieder,
hundertdreißig Phon.

Albtraumszenerie?
Oder Nordend,
fünf Uhr früh?

Was uns der Harzer Roller singt

Harzer Roller sei ein Käse?
Wie der Handkäs mit Musik?
Bitte sei'n Sie mir nicht böse,
solchen Quark weis' ich zurück.

Gelb wie Käse ist der Roller?
Schon, aber ein Federtier,
dazu ein Sänger, ein ganz toller,
darum handelt es sich hier.

Sein Singen hat der Touren viere,
die *Hohlrolle* macht den Beginn,
das „Rururu" schon ist der schiere
Wahnsinn, oder macht es Sinn?

Folgt als zweite Tour die *Knorre,*
man schätzt das tiefe „Krururu",
auf dass die Zunge nicht verdorre,
macht er dabei den Schnabel zu.

Gleich danach tönt hohl die *Klingel,*
mit „Lilili" und „Ririri",
und das Ende vom Gesingel
bringt der *Pfeife* Melodie.

Auch Nebentouren hat die Chose,
Glucke, Schockel, Wassertour,
der Roller ist ein Virtuose,
ein Künstler seines Faches pur.

Doch ehrlich: Nie hab ich's vernommen,
nie konnt ich den Gesang erleben.
Wie ich dann darauf gekommen?
Na, manche Dinge weiß man eben ...

Männerdomäne

(Gesangskunst unter Berücksichtigung des Genderaspekts)

Zizibäh heißt wie man weiß
das kecke Liedchen von Herrn Meis,
der Mann sucht so auf seine Weise,
was er noch nicht hat: 'ne Meise.

Den Herrn Schnepf sieht man hingegen,
selbst bei Sturmgebraus und Regen,
wie er durchs Gelände streift,
und nach jeder Schnepfe pfeift.

Doch wenn Herr Lerch zum Himmel steigt
hat's die Konkurrenz vergeigt,
lautstark schmettert er: Vergiss nicht,
das ist *mein* Revier, verpiss dich!

Drittes Kuckucksei

Warum geht eine Weihnachtsgans
an Sylvester nie zum Tanz?

(Richtig geraten:
von wegen dem Braten.)

Wenn ich ein Vöglein wär

(nach einer deutschen Volksweise zu singen, mit Gitarrenakkorden)

1.

G   G
Wenn ich ein Vöglein wär,
G   G
und einen Flügel hätt,
G   D7
spielt ich Klavier.

D7   G
Weil's aber nicht kann sein,
D7   G
weil's aber nicht kann sein,
C   G   D7 G
spiel ich mit dir.

2.
Weil ich ja Federn hätt,
bräucht ich kein Federbett,
wenn ich mal frier.

Weil's aber nicht kann sein,
weil's aber nicht kann sein
komm ich ins Bett zu dir.

3.
Wenn ich zwei Flügel hätt,
nützt mir kein Bügelbrett
und kein Klavier.

Weil's aber nicht kann sein,
weil's aber nicht kann sein
vögel ich mit dir.

Schwärmerei

(oder Himmel über dem Merianplatz)

Über allen ziemlich blassen
Häusern plus Bewohnermassen
wölbt sich stramm ein wenig schöner
Himmel von, ja, Murkelgrau,
hermetisch wie ein Glascontainer.
Nur um eine Luke Blau
ein Vogelschwarm, des Schwung entfernt
wirkt wie beim Ballett gelernt.

Kannst du sehen?
Das sind Krähen.
Kannst du nicht?
Na, dann spitze mal dein Ohr,
wie ihr Chor
zu dir spricht!

Wie bitte, du hörst nicht gern,
was die Krähenvögel plärr'n?
Wieso plärren? Wenn schon: krächzen.
Also gut, auch mal ein Ächzen.
Noch nicht gut? Wie bitte? Was?
Todesvögel sind das, fressen Aas?

Freundchen, ich will dir mal was sagen:
An einem wie oben beschriebenen gottverdammt bescheidenen Tag lasse ich mich ungern unterbrechen, und ich werde mein allen Vögeln dieser Welt gewidmetes Loblied, ob du willst oder nicht, zu Ende bringen!
Also:

Ach, es kann der Vögel Schwärmen
mir so recht das Herz erwärmen!

(egal, ob Krähen, Schwalben, Papageien …
selbst Pinguine täten mich an diesem Platz erfreuen.)

Viertes Kuckucksei

Was wird ein Mensch mit Krähenfüßen
wohl für Schuhwerk tragen müssen?

(Schuhwerk wird ihm kaum was nützen,
aber vielleicht Botox-Spritzen.)

Woher?

(frei phantasiert nach Edgar Allan Poe)

Erst vor kurzem ist's gewesen, da lief vom Fieber kaum genesen
Nächtens ich mit matter Miene durch die Straßen, kreuz und quer.
Meiner Augen schwache Gabe gaukelten, ein alter Rabe
Säß' vor mir, und sein Gehabe sagt': Den kenn ich. Doch woher?
Und ich frug: Welch Namen trägst du? Woher kenn ich dich, woher?
Sprach der Rabe: Nimmermehr.

Diese Antwort nicht recht fassend, weil nicht zu meiner Frage passend,
Prüft' mein trüber Geist nun alles, was mir einfiel, hin und her:
Kreuzten sich je unsre Wege? Räuberte ich sein Gelege?
Fürchtete ich Flügelschläge? Ach, die Antwort fiel mir schwer,
Nicht ein Echo, kein Refrain, ich rätselte gedankenschwer:
Was soll das heißen: Nimmermehr?

Doch was immer ich auch dachte, dieser grimme Vogel machte
Sich von hinnen, war verschwunden in der Nacht- und Nebelsphär',
Schattengleich schien er zu fliehen mich und meine Theorien.
Waren's Fieberphantasien, Truggebilde, hohl und leer?
Mein Gehirn, das ominöse, fieberdarbend, inhaltsleer?
Wann erfahr ich's?
Nimmermehr …

Vogel-V für Vogel Pfau

(Exemplarischer Versuch über eine ornithophile Orthographie)

Flugs fliegt er fort, der Fogel Fau?
Nein.

Pflugs pfliegt er pfort, der Pfogel Pfau?
Niemals.

Vlugs vliegt er vort, der Vogel Vau?
Na also!

(Vrage: kann ein Fau überhaupt pfliegen?)

Lehrstück vom Fasan

(Eine Fabel)

Ein stolzes Tier ist der Fasan,
er trägt 'ne lange Feder
an seinem Schwanzstück. Mannomann,
so'n Ding, das hat nicht jeder.

Es schreitet, Brust geschwellt vor Stolz,
so ein Fasanenhahn
durch Wald und Feld und Unterholz,
und kräht: Schaut mich nur an!

Dann kommt ein Mann aus Korn und Schrot
und mit Gewehr daher,
der schießt den armen Vogel tot,
der Hahn kräht nimmermehr.

Ja, neidvoll ist die Herrenwelt,
sie kann es kaum ertragen,
wenn Federn so zur Schau gestellt,
deshalb muss man sie jagen.

Die Damen aber sind entzückt
vom Prachtstück, wohlgeraten,
damit wird dann ihr Hut bestückt,
(die Brust, die wird gebraten).

So geht es manchem stolzen Tier,
schaut Euch das Leben an,
allein als Beispiel diente hier
das Schwanzstück vom Fasan.

Fünftes Kuckucksei

Hat ein Kaiserpinguin
außer Frack nichts anzuziehn?

(Na, ein Kaiser unbefrackt,
wär doch lächerlich, ganz nackt.)

Nilgans am Main

(oder: Warum ist es am Main so schön ...)

Die Gans am Nil
weiß, was sie will,
sie hat ein Ziel:
Sie wandert aus vom Nil zum Main.

Mein lieber Schwan,
strengt die sich an
für diesen Plan,
zu lang schon war sie Gans allein.

Fliegt über Fluss
und Meer und muss
auch mal zu Fuß
gehn, über Stock und über Stein.

Das Ziel ist nah,
schon ist sie da
am schönen Maa[1],
nie wieder wird sie solo sein.

Hallogeschrei,
und eins, zwei, drei
eilt rasch herbei
der Nilgänseempfangsverein.

Gans kommt dazu
und hat im Nu
zum Ich das Du
und wenig später Gänseklein.

1 Frankfurterisch für Main

Noch 'ne Nilgans am Main

(Ein Rätsel und seine gefühlte Lösung)

Die Gans vom Nil,
was die wohl will,
am Kai vom Main?

Ist nicht allein,
die Gans am Main,
sind ihrer viel.

Naturidyll?
Ein Länderspiel?
Was kann das sein?

Stehn sie am Main
in langen Reihn,
sagt mein Gefühl:

die Gans vom Nil
will Eis am Stil!
und deshalb steht sie Schlange, klaro?
Ach so.

Der Vogelbär

Der Vogelbär,
der leidet schwer,
sein Magen ist entsetzlich leer,
und er mag er keine Beeren.

Liebt Fleischverzehr,
der Vogelbär,
war niemals Vegetarier,
so ist das zu erklären.

Sechstes Kuckucksei

Was war noch gleich ihr letztes Wort
und dann flogen die Drosseln fort?

(„Bloß weg von hier,
hier gibt's nur Bier!")

Zen am Fluss

Sitzt einfach da. Die Blicke stur
An mir vorbei
Ins Irgendwo. Ihm einerlei:

Die Rente, Rechtsruck, Datenmüll,
Die Frauenquote, Krieg, Asyl,
Das Virus, Terror, Wohnungsnot,
Der Klimawandel, Gott und Tod.

Kein Check, kein App, kein Blick zur Uhr,
Kein Masterplan,
Sitzt einfach da: der Kormoran.

Kronensonett

Wenn unter allen Vögeln ich zu wählen hätte,
wem zweifelsfrei die Krone wohl gebührt,
dann schriebe ich das schönste der Sonette,
das ihn zu ewig Ruhm und Andacht führt.

Nicht lange, weiß ich, dauerte mein Suchen,
ein einz'ger Vogel ist es, der in Frage kommt,
der alles auf sein Konto kann verbuchen,
dass ihm auch des Poeten Krone frommt.

Denn keiner bindet Schönheit, Liebe, Glück,
mit Umsicht, wie's in einem langen Leben liegt,
und lässt im Herbst er uns mit heiser'm Schrei zurück,
kommt Zeit, dass bald er wieder unsere Dächer überfliegt.

Kein Zögern mehr, die Krone für Sonett und Kranich!
(Und diese Zeile hier, die braucht der Kranich gar nicht.)

Neuntöters Nachtmärchen

(nach Büchners Woyzeck-Märchen)

Der Mond ist nur ein Stück faul' Holz,
Die Sonn' ein welke Blum'.
Ein Kind träumt doch von Glück und Stolz,
Ganz heimlich und ganz stumm.

Die Sterne sind aus Mückengold
Wie aufgesteckt auf Schlehen,
Das Kind wünscht leise sich, es wollt'
Den Neuntöter mal sehen.

Doch da die Erd' des Nachts so scheint
Als ein gestürzter Hafen,
Da liegt das Kind im Bett und weint,
Es sollte besser schlafen.

Vogelflug

Es ist ein Vogel, der heißt Zeit,
bringt Morgen wie im Fluge,
macht Heute zu Vergangenheit,
für Dumme wie für Kluge.

Der große Vogel namens Zeit
spannt mächtig seine Schwingen,
fliegt unbeirrt und schnell und weit,
nichts kann vom Weg ihn bringen.

Wir fliegen mit dem Vogel Zeit
ein Stück auf seinen Flügeln,
doch bald, je nach Gelegenheit,
und ungefragt, ob wir bereit,
da schüttelt er sein Federkleid,
wir stürzen in die Endlichkeit,
die Zeit ist nicht zu zügeln.

Ach Mensch, nutz deinen Vogelflug,
solang er dir gegeben,
im Tod bekommst du Zeit genug,
doch je genug im Leben?

Es ist ein Vogel, der heißt Zeit · bringt Morgen wie im Fluge · macht Gestern zu Vergangen-
heit · für Dumme wie für Kluge. Der große Vogel namens Zeit · spannt mächtig sei-
ne Schwingen · fliegt unbeirrt und schnell und weit · nichts kann vom Weg ihn bringen.
Wir fliegen mit dem Vogel Zeit · ein Stück auf seinen Flügeln · doch bald, je nach Ge-
legenheit, und ungefragt, ob wir bereit · da schüttelt er sein Federkleid · wir stür-
zen in die Endlichkeit! die Zeit ist nicht zu zügeln. Ach Mensch, nutz dei-
nen Vogelflug, solang er dir gegeben · vom Tod be-
kommst du noch genug · doch
je ge-
nug vom
Leben?
Ach Mensch
nutz deinen
Vogelflug...

Anhang

Nur die allernötigsten Erläuterungen:

1. Zu *Dilemma mit Emma*
   s. Christian Morgenstern: *Möwenlied*

2. Zu *Häuptling großer Adler*
   s. Johann Wolfgang von Goethe:
   Vom Vater hab ich die Statur, die Kunst des ernsten Führens …

3. Zu *Ein Vogel ist ein Vogel*
   s. Wilhelm Busch: *Der fliegende Frosch*

4. Zu *Zweites Kuckucksei*
   s. Christian Morgenstern: *Das ästhetische Wiesel*

5. Zu *Der Dodo lebt*
   s. Lewis Carroll: *Alice im Wunderland*, Kapitel 3

6. Zu *Wenn ich ein Vöglein wär*
   s. Johann Gottfried Herder (Text),
   Johann Friedrich Reichard (Melodie)

7. Zu *Neuntöters Nachtmärchen*
   s. Georg Büchner: *Woyzeck*, Ein Fragment

8. Zu *Woher?*
   s. Edgar Allan Poe: *Der Rabe* (Übersetzung: Hans Wollschläger)

Zugabe

Wenn die Vögel Masken tragen,
muss man sich doch eines fragen:
Was ist los in diesen Tagen?
Kann mir das mal jemand sagen?

(Auch Kollege Loriot
wäre da gewiss nicht froh.)

Christian Golusda, geboren 1948, lebt als Psychiater in Frankfurt am Main. Nach dem Studium der Pharmazie und Medizin wechselte er als Quereinsteiger in die freie Kulturszene. Neben Darstellung, Konzeptionen und Regie für Tanz/Theater in eigenen Produktionen und für andere freie Ensembles ist er auch als Autor und Übersetzer tätig.
Als „Doktor Krittels Kinderkram" erschien seine erste Sammlung mit Reimen und Bildern für große und kleine Kinder. Für die Reisegedichte „Sturm und Tang" erhielt er zusammen mit Elsemarie Maletzke den Robert-Gernhardt-Preis .

s. a.: www.christian-golusda.de